This book belongs to

AEROPLANE

A A A A A A A A A A A A A A A

A A A A A A A A A A A A A A A

A A A A A A A A

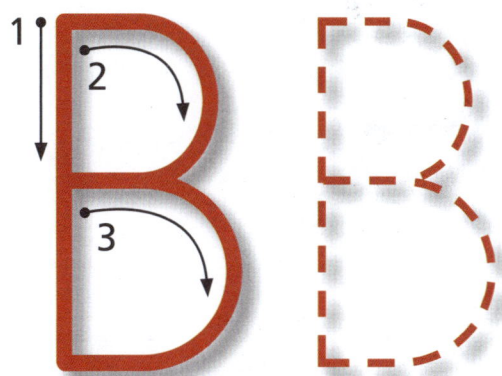
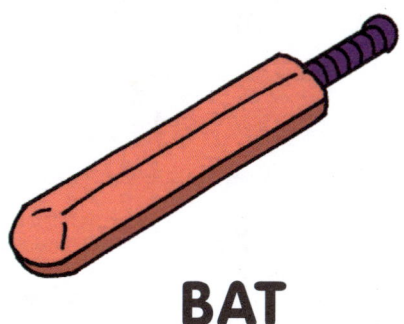

BAT

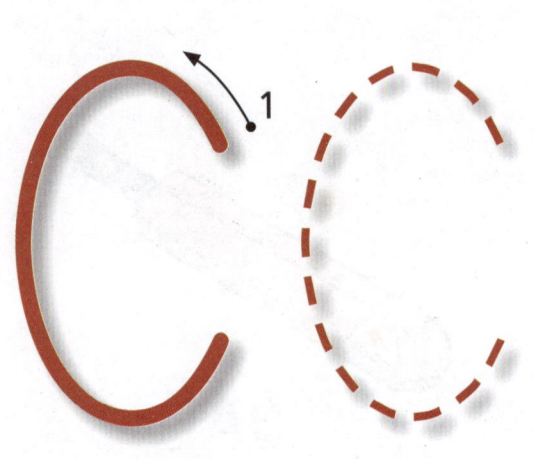

CAT

c c c c c c c c c c c c c c c c

c c c c c c c c c c c c c c c c

c c c c c c c c

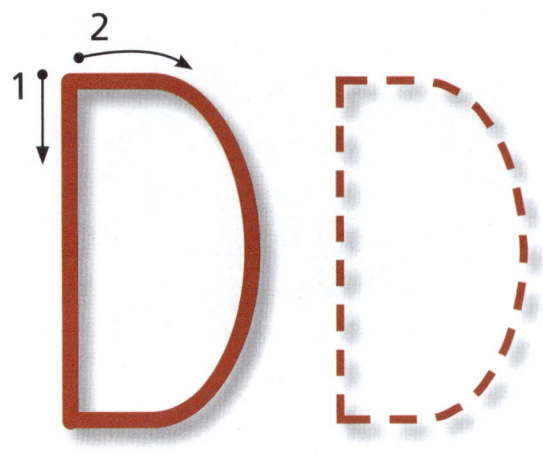

DOG

D D D D D D D D D D D D D D D D D

D D D D D D D D D D D D D D D D D

D D D D D D D D D

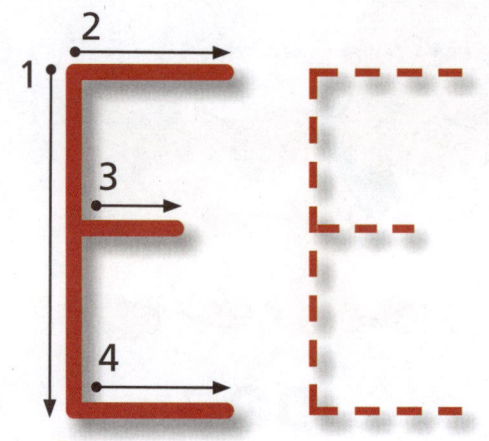

ELEPHANT

E E E E E E E E E E E E E E E

E E E E E E E E E E E E E E E

E E E E E E E

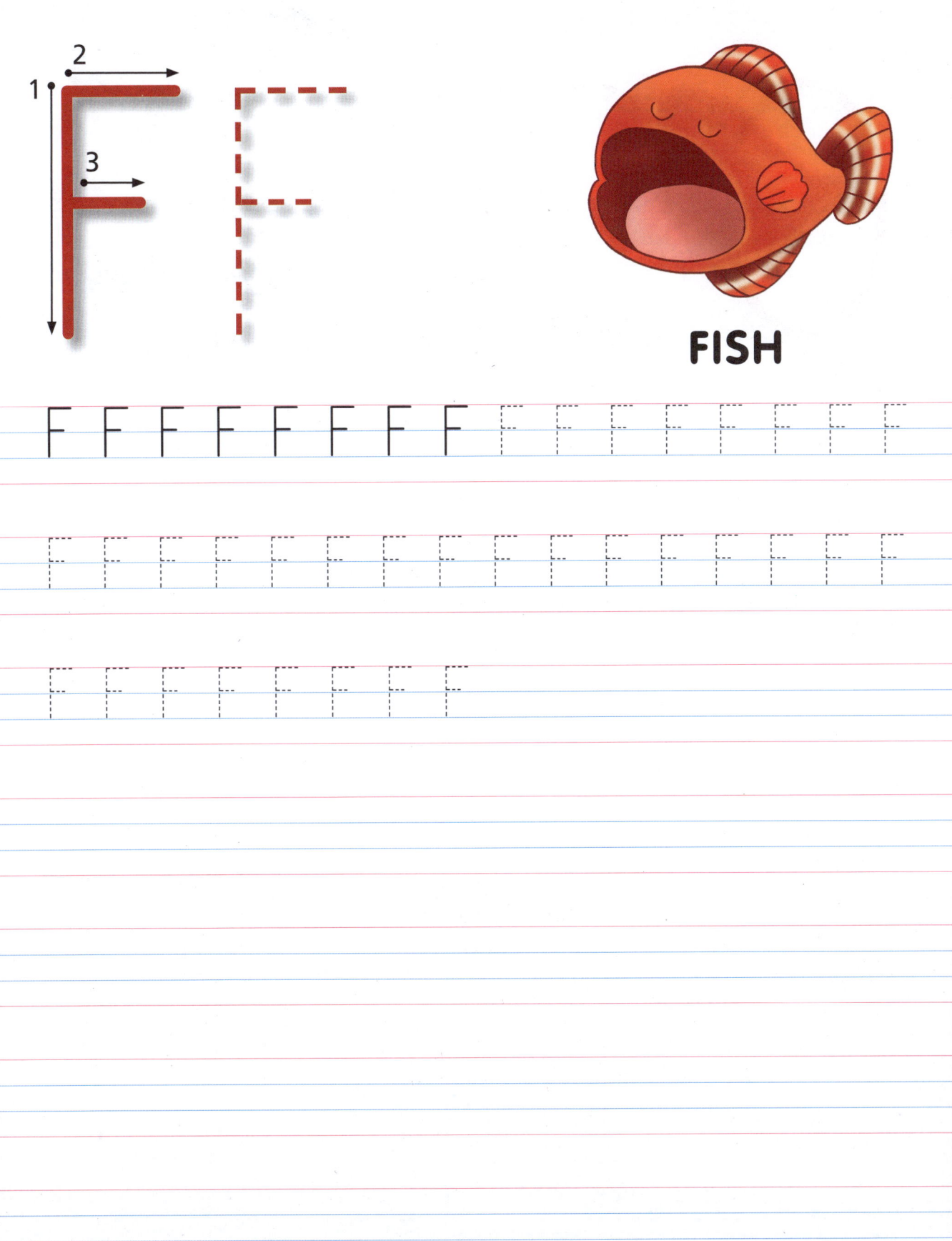

GOAT

G G G G G G G G G G G G G G G

G G G G G G G G G G G G G G

G G G G G

ICE CREAM

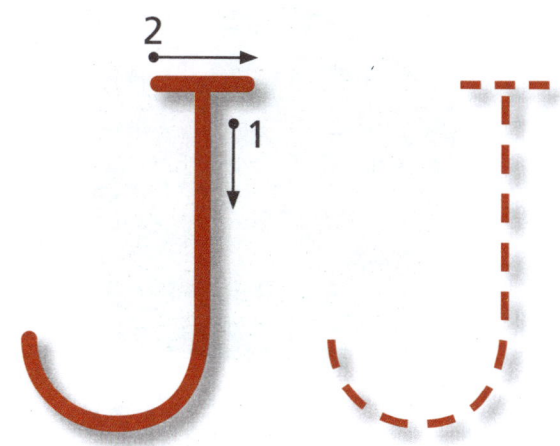

JEEP

JJJJJJJJ JJJJJJJJ

JJJJJJJJJJJJJJJJ

JJJJJJJJ

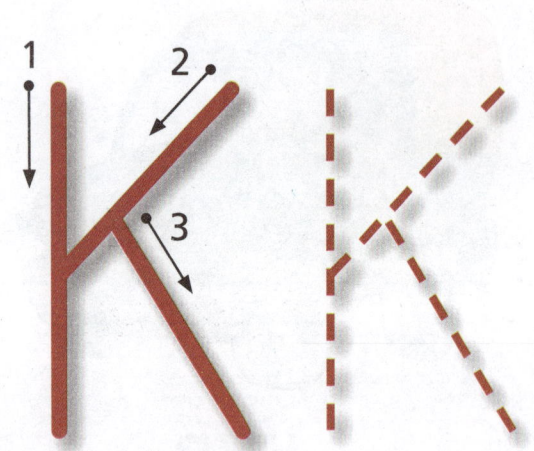
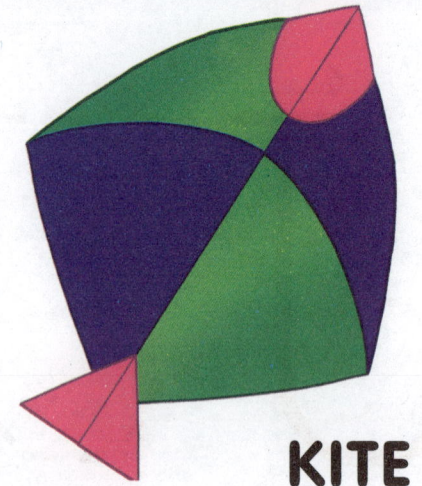

KITE

K K K K K K K K K K K K K

K K K K K K K K K K K K K

K K K K K K K

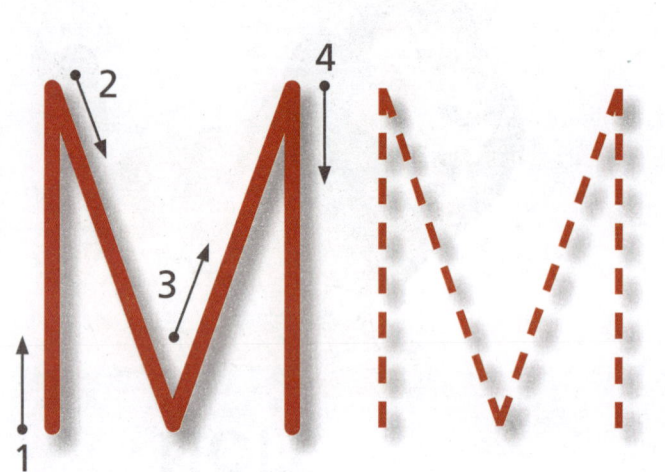

MONKEY

MMMMMMM MMMMMMMM

MMMMMMMMMMMMMM

MMMMMMM

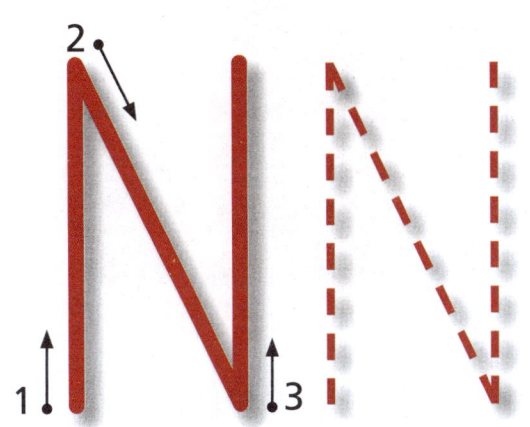

NET

N N N N N N N N N N N N N

N N N N N N N N N N N N N N

N N N N N N

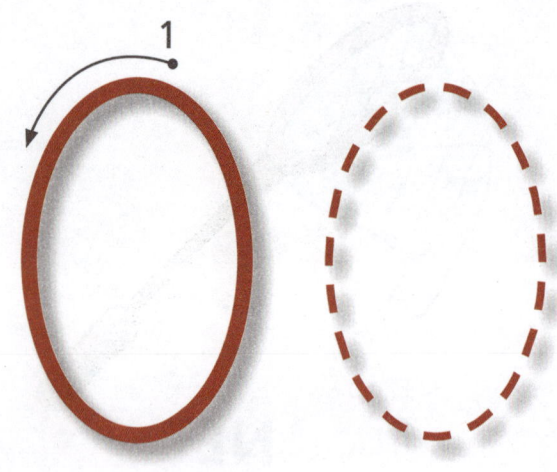
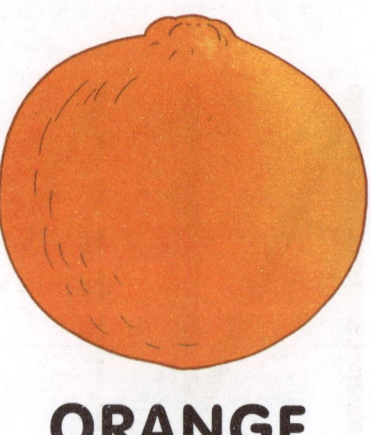

ORANGE

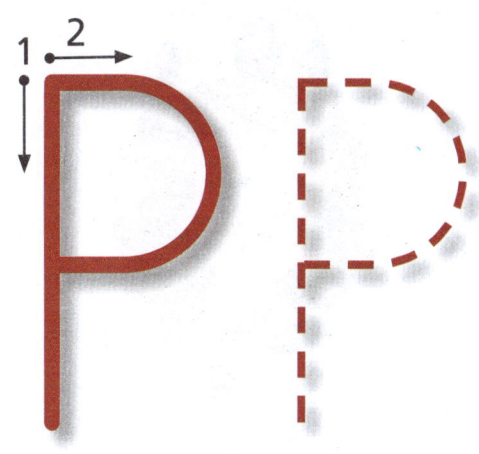

PARROT

P P P P P P P P P P P P P P P

P P P P P P P P P P P P P P P

P P P P P P P

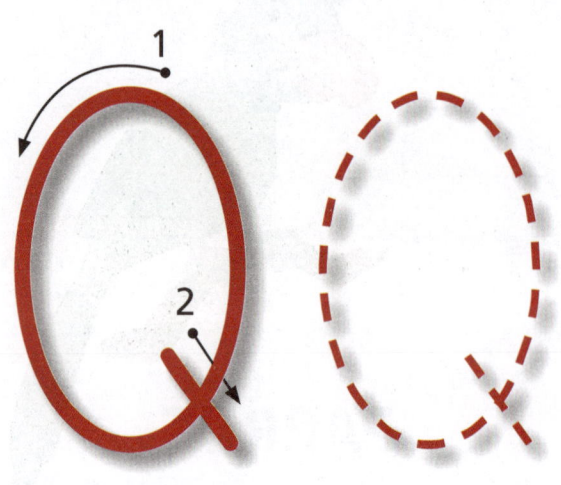

QUEEN

Q Q Q Q Q Q Q Q Q Q Q Q Q Q Q Q

Q Q Q Q Q Q Q Q Q Q Q Q Q Q Q Q

Q Q Q Q Q Q Q Q

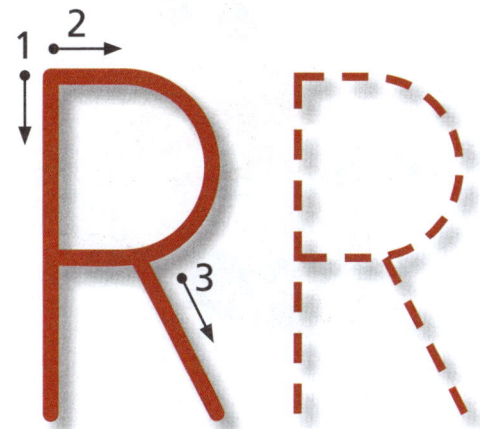

RAT

R R R R R R R R R R R R R R R

R R R R R R R R R R R R R

R R R R R R R

SHIP

S S S S S S S S S S S S S

S S S S S S S S S S S S

S S S S S

TOMATO

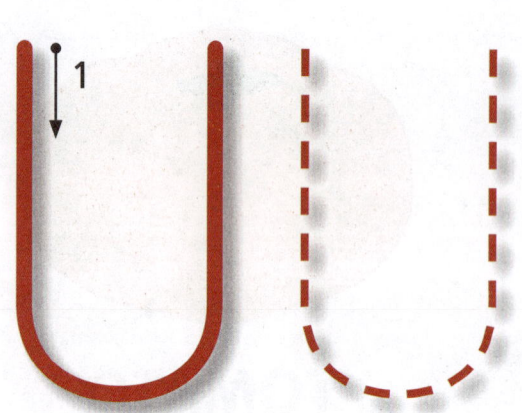

UMBRELLA

U U U U U U U U U U U U U U U U

U U U U U U U U U U U U U U U U

U U U U U U U U

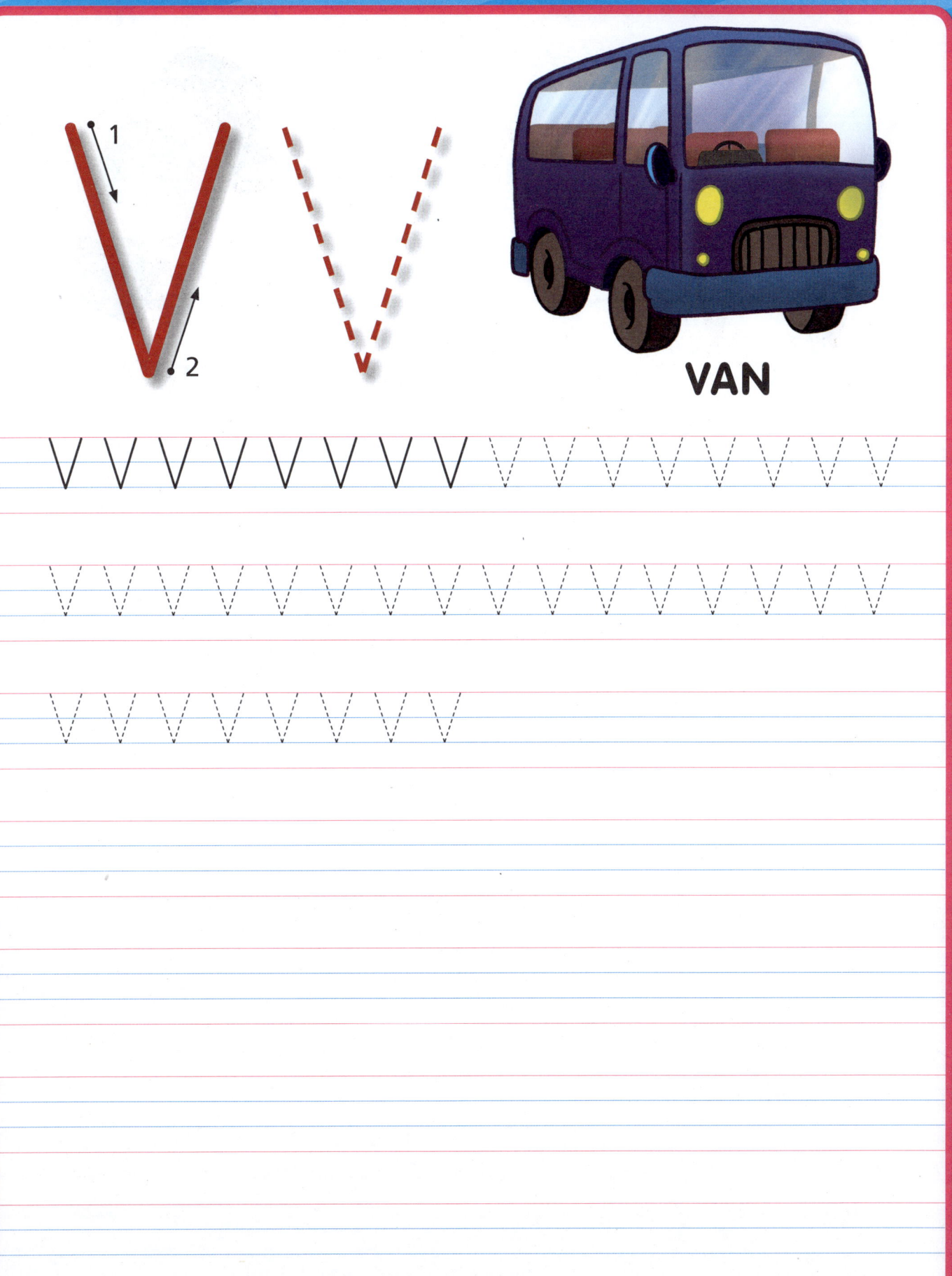

WATCH

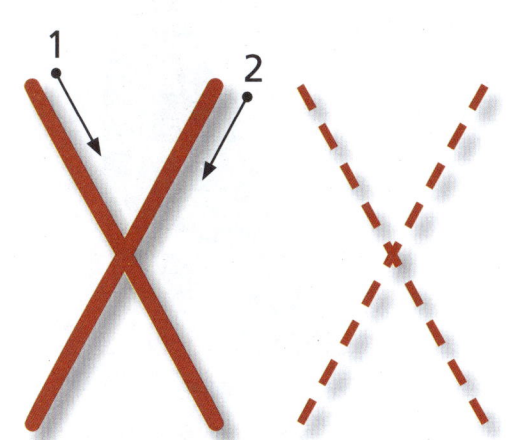
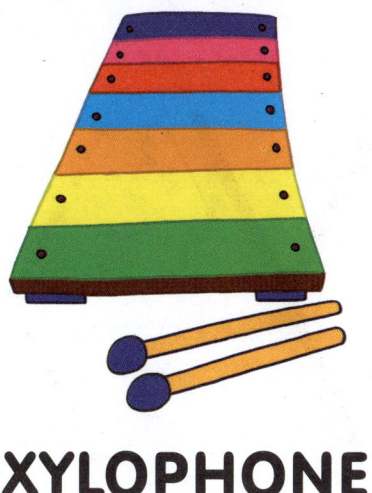

XYLOPHONE

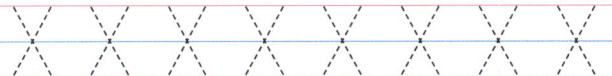

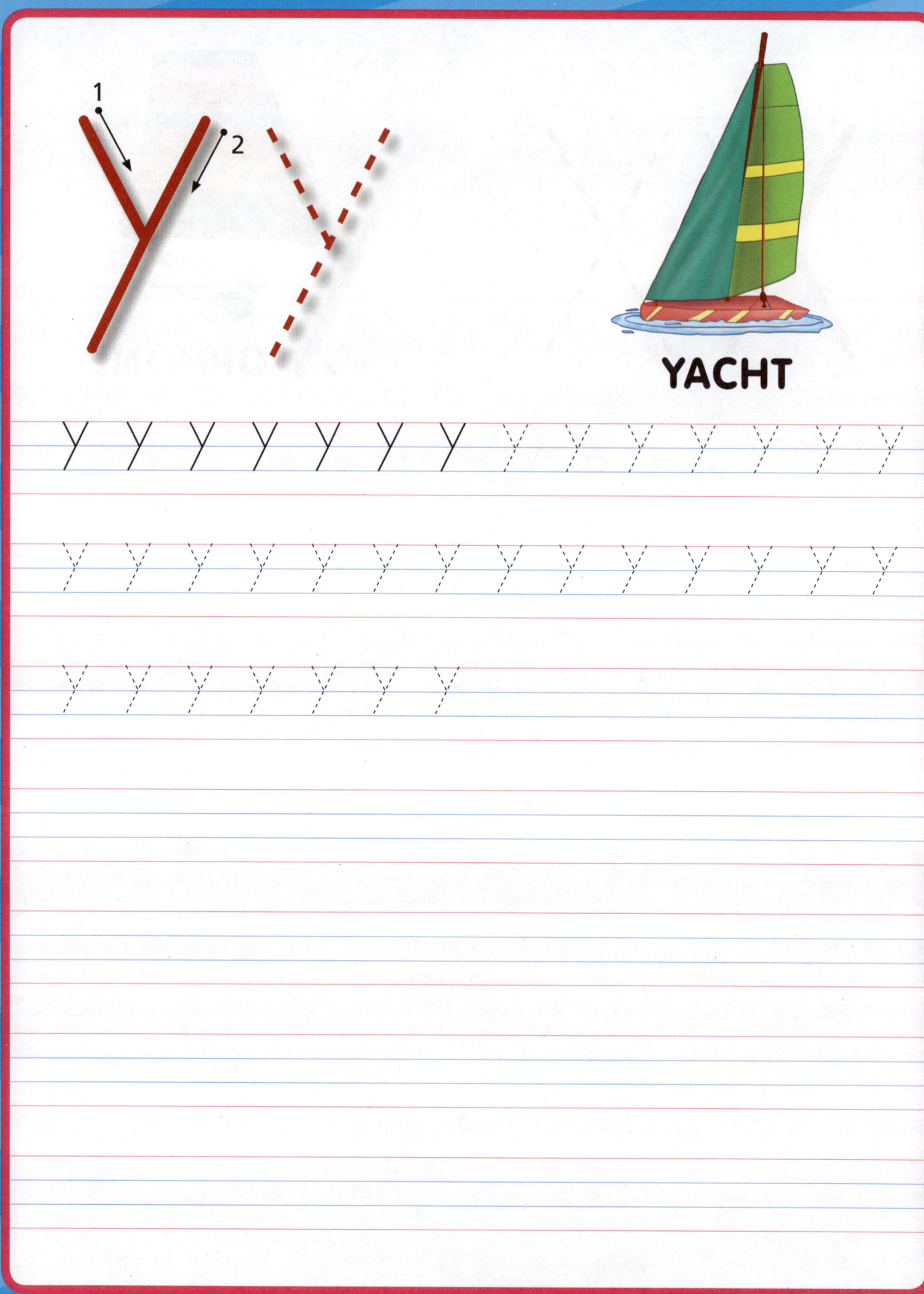

ZEBRA

Z Z Z Z Z Z Z Z Z Z Z Z Z Z Z

Z Z Z Z Z Z Z Z Z Z Z Z Z Z Z

Z Z Z Z Z Z Z Z

Small Alphabet

a b c d e f
g h i j k l
m n o p q r
s t u v w x
y z

Capital Alphabet

A B C D E F
G H I J K L
M N O P Q R
S T U V W X
Y Z

Practice Alphabet

 AAAA

 BBBB

 CCCC

 DDDD

 EEEE

 FFFF

 GGGG

 HHHH

 IIII

 JJJJ

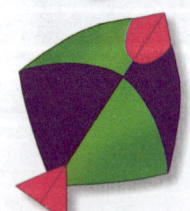 KKKK

 LLLL

 MMMM

Practice Alphabet

 NNNN

 TTTT

 OOOO

 UUUU

 PPPP

 VVVV

 QQQQ

 WWWW

 RRRR

 XXXX

 SSSS

 YYYY

ZZZZ

Match the following